《般若波罗蜜多心经》，佛教经典。全经只有一卷，二百六十字，为般若经类的精要之作。阐述五蕴、三科、四谛、十二因缘本性为空的佛教义理，而归于『无所得』（不可得），认为般若能度一切苦，得究竟涅槃，证得菩提果。该经曾有过七种汉译本，最为通行的为唐朝玄奘法师译本。由于经文短小，便于持诵，近代又被译为多种文字在世界各地流传。玄奘法师所译《心经》，文辞优美，琅琅上口，被抄写、传诵、刻印者甚多，更因此经蕴含着无上的智慧。短短二百六十字既表达了大乘佛教智慧的核心，又蕴含着精进修持的法门。历代帝王、将相、高僧大德、书法家、文学家，大多崇尚写经，而其中写得最多的，便是这部《心经》。

般若波羅蜜多心經

【般若波罗蜜多心经】

观自在菩萨，行深般若波罗蜜多时，照见五蕴皆空，度一切苦厄。舍利子，色不异空，空不异色，色即是空，空即是色，受想行识，亦复如是。舍利子，是诸法空相，不生不灭，不垢不净，不增不减。是故空中无色，无受想行识，无眼耳鼻舌身意，无色声香味触法，无眼界，乃至无意识界。无无明，亦无无明尽，乃至无老死，亦无老死尽。无苦集灭道，无智亦无得。以无所得故，菩提萨埵，依般若波罗蜜多故，心无挂碍，无挂碍故，无有恐怖，远离颠倒梦想，究竟涅槃。三世诸佛，依般若波罗蜜多故，得阿耨多罗三藐三菩提。故知般若波罗蜜多，是大神咒，是大明咒，是无上咒，是无等等咒，能除一切苦，真实不虚。故说般若波罗蜜多咒，即说咒曰：揭谛揭谛，波罗揭谛，波罗僧揭谛，菩提萨婆诃。

般若波羅蜜多心經

觀自在菩薩，行深般若波羅蜜多時，照見五蘊皆空，度一切苦厄。舍利子，色不異空，空不異色，色即是空，空即是色，受想行識，亦復如是。

如是舍利子
是諸法空相
不生不滅不
垢不淨不增
不減是故空
中無色無受
想行識無眼
耳鼻舌身意
無色聲香味
觸法無眼界

乃至無意識
界無無明亦
無無明盡乃
至無老死亦
無老死盡無
苦集滅道無
智亦無得以
無所得故菩
提薩埵依般
若波羅蜜多

乃至無意識
界無無明亦
無無明盡乃
至無老死亦
無老死盡無
苦集滅道無
智亦無得以
無所得故菩
提薩埵依般
若波羅蜜多

故心無罣礙
無罣礙故無
有恐怖遠離
顛倒夢想究
竟涅槃三世
諸佛依般若
波羅蜜多故
得阿耨多羅
三藐三菩提
故知般若波

故心無罣礙
無罣礙故無
有恐怖遠離
顛倒夢想究
竟涅槃三世
諸佛依般若
波羅蜜多故
得阿耨多羅
三藐三菩提
故知般若波

羅蜜多 是大神呪 是大明呪 是無上呪 是無等等呪 能除一切苦 真實不虛 故說般若波羅蜜多呪 即說呪曰 揭帝揭帝 波羅揭帝 波羅僧揭帝 菩提薩婆訶

波羅僧揭帝

菩提薩婆訶

佛說般若波羅蜜多心經

蘇軾書

觀自在菩薩行深般
若波羅蜜多時照見
五蘊皆空度一切苦
厄舍利子色不異空
空不異色色即是空
空即是色受想行識
亦復如是舍利子是
諸法空相不生不滅
不垢不淨不增不減
是故空中無色無受

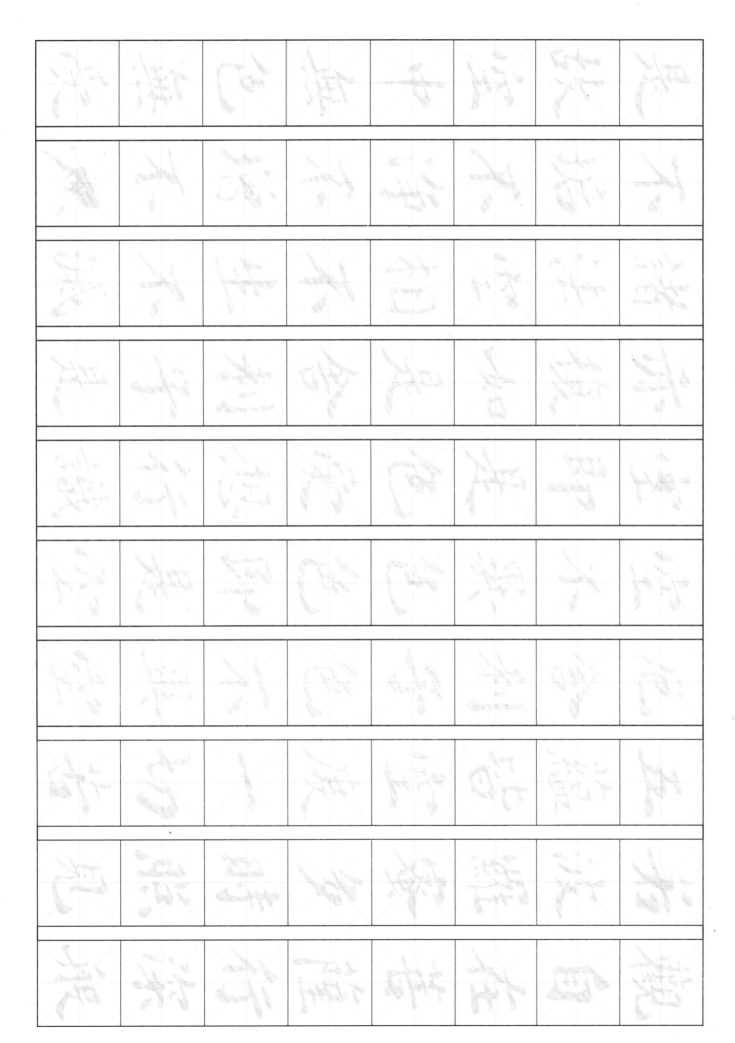

有恐怖遠離顛倒夢
想究竟涅槃三世諸
佛依般若波羅蜜多
故得阿耨多羅三藐
三菩提故知般若波
羅蜜多是大神咒是
大明咒是無上咒是
無等等咒能除一切
苦真實不虛故說般
若波羅蜜多咒即說

咒曰揭諦揭諦波羅
揭諦波羅僧揭諦菩
提薩婆訶

佛說般若波羅蜜多
心經
[illegible]

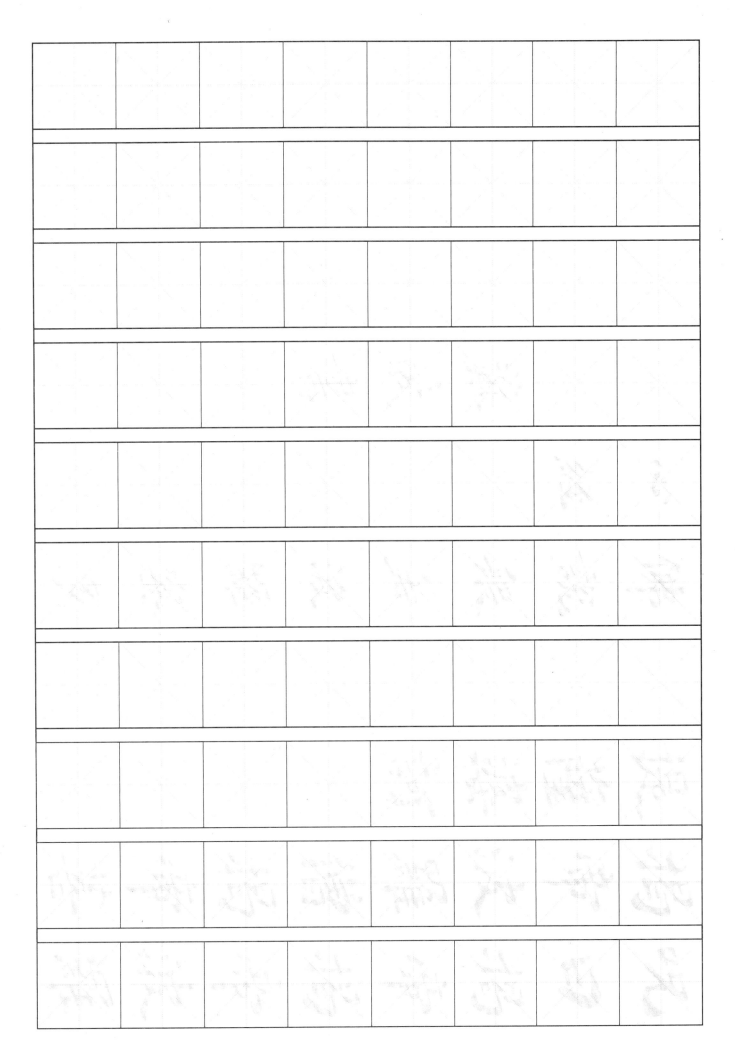

觀自在菩薩行深般
若波羅蜜多時照見
五蘊皆空度一切苦
厄舍利子色不異空
空不異色色即是空
空即是色受想行識
亦復如是舍利子是
諸法空相不生不滅
不垢不淨不增不減
是故空中無色無受

有恐怖遠離顛倒夢
想究竟涅槃三世諸
佛依般若波羅蜜多
故得阿耨多羅三藐
三菩提故知般若波
羅蜜多是大神咒是
大明咒是無上咒是
無等等咒能除一切
苦真實不虛故說般
若波羅蜜多咒即說

咒曰揭帝揭帝波羅
揭帝波羅僧揭帝菩
提薩婆訶

佛說般若波羅蜜多
心經

蘇軾書

◎苏轼

苏轼（1037–1101），宋代文学家、书画家。字子瞻，一字和仲，号东坡居士。眉州眉山（今属四川）人。一生仕途坎坷，学识渊博，天资极高，诗文书画皆精。书法擅长行书、楷书，能自创新意，用笔丰腴跌宕，有天真烂漫之趣，与黄庭坚、米芾、蔡襄并称『宋四家』。

图书在版编目(CIP)数据

名家翰墨临写本·苏轼/（北宋）苏轼书. —上海：上海人民美术出版社，2018.4

ISBN 978-7-5586-0600-7

Ⅰ.①名… Ⅱ.①苏… Ⅲ.①行书－法帖－中国－北宋 Ⅳ.①J292.2

中国版本图书馆CIP数据核字（2017）第273973号

名家翰墨临写本·苏轼

书　　者　苏　轼
策　　划　徐　亭
责任编辑　徐　亭
装帧设计　陶　雷
技术编辑　季　卫
出版发行　上海人民美术出版社
（上海市长乐路672弄33号）
印　　刷　上海天地海设计印刷有限公司
制　　版　上海立艺彩印制版有限公司

开　　本　889×1194　1/16　印张2.5
版　　次　2018年4月第1版
印　　次　2018年4月第1次
印　　数　0001-3300
书　　号　ISBN 978-7-5586-0600-7
定　　价　21.00元

罣礙故無有恐怖遠離顛倒夢
想究竟涅槃三世諸佛依般若
波羅蜜多故得阿耨多羅三藐
三菩提故知般若波羅蜜多是
大神呪是大明呪是無上呪是
無等等呪能除一切苦真實不
虛故說般若波羅蜜多呪即說
呪曰
揭帝揭帝　波羅揭帝
波羅僧揭帝　菩提薩婆訶
佛說般若波羅蜜多心經
蘇軾書

觀自在菩薩行深般若波羅蜜
多時照見五蘊皆空度一切苦
厄舍利子色不異空空不異色
色即是空空即是色受想行識
亦復如是舍利子是諸法空相
不生不滅不垢不淨不增不減
是故空中無色無受想行識無
眼耳鼻舌身意無色聲香味觸
法無眼界乃至無意識界無無
明亦無無明盡乃至無老死亦
無老死盡無苦集滅道無智亦
無得以無所得故菩提薩埵依
般若波羅蜜多故心無罣礙無